Die Wahrheit
über die
Schneemänner

Die Wahrheit über die Schneemänner

Zoltan Hölling

Die Wahrheit über die Schneemänner
Zoltan Hölling

ISBN 978-3-95436-100-7

Simpl'eBooks & Co Hamburg
www.simplebooksco.com

Herstellung:
BoD – Books on Demand, Norderstedt

Für Paps, Hedyke und Ancyka

Inhalt

Dies und das

Neues und Gratisbücher unseres Verlages

Wenn Sie automatisch von unseren Neuerscheinungen und kostenlosen eBooks und Probekapiteln erfahren möchten, können Sie uns auf:

Facebook www.facebook.com/simplebooksco oder **Twitter** www.twitter.com/simplebooksco folgen, bzw. eine **eMail** an news@simplebooksco.com schreiben, um unseren Newsletter regelmäßig zu erhalten.

Rezensionen

Wenn Ihnen dieses Buch gefallen hat, freuen wir uns über eine kurze Rezension.

Unter www.simplebooksco.com/rezensieren finden Sie eine passende Linkliste.

Wenn Sie sich mit anderen über Ihre Reise nach Schneeland austauschen möchten oder Fotos Ihrer Schneemänner mit anderen teilen wollen etc., freuen wir uns auf Ihren Besuch auf der Facebook Seite zum Buch unter: www.facebook.com/schneemaenner .

Vorwort

Es ist schon ein paar Jahre her, da haben ein paar Freunde von mir und ich uns kurz vor Weihnachten getroffen. Wir haben verabredet, dass jeder von uns eine kleine weihnachtliche Geschichte mitbringen sollte, um sie den anderen vorzulesen. Hamburg war zugeschneit, und wir haben es uns abends im familiären kleinen Salon eines befreundeten Hotels vor dem brennenden Kamin gemütlich gemacht.

Während sich der Raum nun mit dem Duft von bestem englischen Tee und frischen Gebäck füllte, lasen wir uns unsere mitgebrachten Geschichten vor. Da ich bis zum Abend davor noch keine passende Geschichte gefunden hatte, griff ich dann selbst zu Feder und Tinte. Später fügte ich noch einige Zeichnungen hinzu.

In den folgenden Jahren wurden selbst gebundene Ausdrucke der Geschichte zu einem beliebten weihnachtlichen Mitbringsel für kleine und große Kinder.

Ich wünsche allen eine vergnügliche und abenteuerliche Reise nach Schneeland.

Zoltan Hölling

1.

Der erste Schnee fällt

Jeder schöne Tag ist ein Geschenk, für das man dankbar sein sollte. Und ein schöner Wintertag ist außerdem etwas ganz besonderes. Er ist strahlend weiß verpackt, als wollte er sagen: schau wie ich mich für Dich hübsch gemacht habe. Schon bald ist wieder Weihnachten. Dein Weihnachtsbaum zu Hause ist wunderschön dekoriert für den Abend. Mit Kerzen. Mit Lametta. Mit bunten Kugeln. Und mit Lichtern. Aber hier draußen unter dem blauen Himmel fängt jedes Schneekristall, das auf den Tannen liegt, die Sonnenstrahlen ein und schickt Sie mit einem Zauber in die Herzen aller zurück, die sich daran erfreuen wollen.

Wie an jedem schönen Wintertag konnte man auch heute, an diesem herrlich sonnigen Tag, sehen, wie mehr und mehr Schneemänner auftauchen. In den Gärten, den Parks, an den Strassenrändern, überall, wo genug Schnee lag, standen sie plötzlich. Wahrscheinlich weil Sie sich dort am wohlsten fühlen.

Jedenfalls war Oscar dieser Meinung. Oscar genoß gerade seine Schulferien. Das Schönste an der Schule war für ihn das Geräusch des Gongs, wenn die Stunde vorbei war. Für ihn war es wie Musik. Das erste, was er fragte, als er in die Schule kam, war, wann die Pausen wären. Oscar hat die Schule nicht wirklich gehasst. Er war auch nicht dumm. Er war eigentlich sogar sehr schlau. Er langweilte sich nur sehr schnell, und so kam es, dass er in der Schule immer fauler wurde. Das Alphabet lernte er nur, weil seine Eltern mit ihm zu Hause übten. Sie nahmen kleine Kärtchen und schrieben auf jedes einen Buchstaben. Auf der einen Seite den Großbuchstaben, und auf der anderen Seite den gleichen in klein. So war alles ein Spiel, und Oscar lernte das Alphabet sogar besonders schnell.

Er ist im Sommer fünf Jahre alt geworden und war in der ersten Klasse. Der Vater von Oscar war ein Mann, der viel arbeitet. Er nahm die Schule sehr ernst. Jedenfalls ernster als Oscar. Er wollte, dass Oscar das Einmaleins gleich mit lernt, und nicht erst, wenn seine Klasse es schon gut kann. Also schrieb er das ganze Einmaleins auch wieder auf ein Karte. Oscar musste jetzt diese Karte immer überall mit hin nehmen. Er fing bei einmal eins ist eins an und lernte im Nu alles bis zehn mal zehn ist hundert. Nur sieben mal acht und acht mal neun konnte er sich einfach nicht merken. Dafür rechnete er sich schon größere Zahlen aus wie acht mal achtzehn.

An diesem Tag wollte Oscar wieder so lange wie möglich draußen bleiben. Er liebte es, die verschneiten Strassen und Bäume zu beobachten. Er tobte gern mit seinen Freunden durch den Schnee und war glücklich über jede noch so kleine Schneeballschlacht. Doch er setzte sich auch gern mal allein in den Schnee und stellte sich vor, wie wohl die Wahrheit über die Schneemänner aussehen könnte.

Er wunderte sich, wie wenig darüber bekannt ist, was aus den Schneemännern wird, wenn es sich draußen langsam erwärmt und die Tage wieder länger werden.

Er wollte nicht glauben, dass mit dem Ende des Winters auch die Schneemänner ihrem Ende entgegensehen müssen. Das mit dem Wegschmelzen hatte er immer für einen

Trick gehalten, da im nächsten Winter wieder überall Schneemänner standen. Und diese konnten doch nicht alle von kleinen Kinderhänden gebaut worden sein.

Viel wahrscheinlicher schien ihm der Vergleich mit den Zugvögeln, von denen ihm seine Mutter erzählt hatte. So wie die Zugvögel in den warmen Süden ziehen, würden sich die Schneemänner mit dem Ende des Winters, so dachte er sich, in den kalten Norden aufmachen, um dort gemeinsam zu überwintern. Und sobald die Temperaturen es zuließen, würden sie sich wieder auf den Weg zu uns begeben, weil es im Winter bei uns einfach schöner ist und auch nicht so einsam, wie irgendwo da oben in Finnland, Schweden oder Grönland. Schließlich gaben sich die Leute hier ja auch jedes Jahr wieder so viel Mühe die Schneemänner anzulocken. Denn pünktlich zur Schneemannsaison dekorierten sie jedes Jahr aufs Neue ihre Häuser und Gärten mit unzähligen bunten Lichtern.

Und Schneemänner, dachte er sich, fühlen sich zu vielen kleinen Lichtern magisch hingezogen, da die Nächte im hohen Norden besonders dunkel und vor allem so viel länger sind als bei uns. Zumindest hat man ihm das gesagt. Außerdem war der Weihnachtsmann zu dieser Zeit ja sicher auch woanders unterwegs, um die vielen Geschenke zu besorgen. Das heißt, da oben war dann ohnehin nicht viel los. Irgendwie paßte alles zusammen.

Also schaute Oscar jeden Abend aus seinem Fenster und beobachtete den Schneemann, der eines Morgens plötzlich in seinem Garten gestanden hatte. Ihm fiel auf, dass es am Abend vorher angefangen hatte zu schneien.

Und wie es geschneit hat! Ist es nicht merkwürdig, dachte er sich, dass man ganz oft erst dann mitbekommt, dass es schneit, wenn bereits eine ganze Menge Schnee gefallen ist? Besonders, wenn es draußen schon dunkel ist? Er hat nur selten sagen können: *„Sieh' mal, es fängt gerade an zu schneien!"* Statt dessen fiel ihm immer nur auf, dass bei einem Blick aus dem Fenster das Schneien schon in vollem Gange war, und die Nacht nicht mehr schwarz, sondern schwarz-weiß gepunktet war. So, als würden 101 farbvertauschte Dalmatiner vom Himmel fallen.

Auch konnte er nie verstehen, warum der erste Schnee so oft nachts fällt. Bis ihm klar wurde, dass die Schneemänner diese Tatsache wunderbar nutzen konnten, um heimlich im Schutz der Dunkelheit und hinter dem Vorhang aus den vom Himmel fallenden farbvertauschten Dalmatinern zu uns zu gelangen. Ihm war schnell klar, dass niemand für diese Art des Versteckens so gut geschaffen war wie die weißen Schneemänner auf ihrem weißen Schneeteppich.

Er beobachtete also den Schneemann in seinem Garten. Jeden Abend und jeden Morgen schaute er, ob er sich nicht ein klein wenig bewegt hätte. Und tatsächlich. Ganz offensichtlich musste er sich bewegt haben. Denn seine freche, spitze Karottennase zeigte, besonders an etwas wärmeren Tagen, immer mal wieder ein Stück weiter nach unten. Ganz offensichtlich hatte er wegen der unangenehmen Wärme seine Nase gerümpft.

Oscar beschloß, seinem Schneemann einen Namen zu geben. Er nannte ihn Casimir. Ihm war klar, dass Casimir ihm mißtrauen musste. Schließlich hatte Oscar in all den Jahren zuvor unbedacht mit bestimmt tausenden kleiner Schneebälle um sich geworfen, was sicher Casimirs Gefühle verletzt hätte. Also versuchte er erst einmal langsam sein Vertrauen zu gewinnen, Schritt für Schritt.

Jeden Tag setzte er sich zu ihm in den Schnee und erzählte ihm von sich. Besonders von den fürchterlichen Dingen, mit denen er tagsüber in der Schule gequält wurde: Rechnen, Schreiben, Lesen und so weiter. Er sagte ihm, wie sehr er ihn beneiden würde, weil er den ganzen Tag an der frischen Luft sein könnte. Und dass er niemals sein Zimmer aufräumen müßte, oder Spinat essen und andere eklige Dinge wie Tomatensuppe.

Wenn die Sonne einmal etwas kräftiger schien, legte Oscar ihm eine Decke um, damit er es darunter schön kühl hätte. Oder er legte ihm ein paar Eiswürfel auf die Schultern, die er aus dem Kühlschrank holte. Seine Eltern bekamen merkwürdigerweise von alledem nichts mit. Sein Vater arbeitete ja den ganzen Tag, und seine Mutter war froh, wenn er ihr mit seinen Verrücktheiten einmal nicht auf die Nerven ging, sondern einfach nur ruhig im Garten spielte.

Er hatte nun schon gut eine Woche mit Casimir gesprochen. Es muss schon dunkel gewesen sein. Da hörte er plötzlich eine leise aber deutliche Stimme, die ihm zuflüsterte: *„Na, Du freches Menschenkind, wie lange willst du hier eigentlich noch sitzen, und mich mit deinen fürchterlichen Geschichten von Rechnen, Schreiben, Lesen, Spinat und Tomatensuppe langweilen?"*

Oscar drehte mich um, um zu sehen, wer da zu ihm gesprochen hatte. Aber außer ihm war niemand da. Er hörte die Stimme wieder: *„Der Name Casimir gefällt mir übrigens schon ziemlich gut"*. Oscar schaute nach oben und sah, wie ihn sein Schneemann anblickte. Für einen Moment wäre er fast erstarrt vor Schreck.

Casimir sah ihn freundlich aber bestimmt an. Oscar sprang sofort auf und schrie *„Mami, Mami, Mami! Mein Schneemann kann sprechen!"* Er rannte ins Haus, packte seine Mutter hektisch am Arm und zog sie aufgeregt in den Garten. Seine Mutter prüfte seine Temperatur. Er konnte kaum sprechen. *„Mami, Mami, Casimir hat mit mir gesprochen!"*

Seine Mutter sagte nichts, sondern schaute ihn erst einmal besorgt an. Dann schüttelte sie den Kopf und schleifte ihn wortlos wieder ins Haus, während er nach Luft schnappte und aufgeregt mit den Armen herumfuchtelte.

Seine Mutter sagte dann doch noch viele Dinge, und Oscar stammelte noch viel mehr. Keine zwei Minuten später lag er im Bett, unter ungefähr drei oder vier Decken, und der Hausarzt, den seine Mutter gerufen hatte, legte ihm kurze Zeit später die Hand auf die Stirn. Er murmelte etwas von achtunddreißig Komma fünf, und zwang Oscar einen Löffel von einer abscheulichen Medizin zu trinken, die scheußlicher war, als Spinat und Tomatensuppe zusammen. Kurz danach schlief er auch schon ein.

2.

Wie man einen Schneemann zum Reden bringt

Als er am nächsten Morgen erwachte, lief Oscar als erstes hinüber zum Fenster, um zu sehen, ob Casimir noch da war. Tatsächlich stand er noch genauso da, wie am Abend zuvor. Er zog sich seine Gummistiefel und seine warme Lieblingsjacke über den Pyjama und rannte in den Garten.

„Casimir, hast du wirklich mit mir gesprochen?" Casimir antwortete nicht.

„Casimir, sag' doch was!" Casimir blieb stumm. Seine freche, spitze Karottennase zeigte wieder etwas weiter nach unten. Oscar faßte hin, um sie gerade zu rücken.

„Lass das!", *„Casimir, du kannst ja wirklich sprechen!"* Casimir antwortete wieder nicht. Also griff Oscar wieder an seine Nase.

„Sag, mal du freches Kind, tust du nie, was man dir sagt?" So etwas ähnliches hatte Oscar schon oft gehört. Aber er fand es lustig Casimir jedes Wort aus der Nase zu ziehen. So wie sich ein Kind mit fünf Jahren fühlt, wenn es erst einmal gelernt hat, dass lautes Geschrei in der Öffentlichkeit dazu führt, dass einem die Eltern fast jeden Wunsch erfüllen, wenn man nur endlich Ruhe gibt.

Er sagte zu Casimir: *„Wenn du weiter mit mir sprichst, dann lasse ich deine Nase in Ruhe!"* Während er das sagte, kreuzte er jedoch die Finger hinter seinem Rücken. Casimir antwortete prompt: *„Ich habe schon sehr viele Menschenkinder gesehen, aber du, du bist wirklich das frechste, dass je im Schnee herum gelaufen ist!"*

So lernten sie sich kennen.

3.
Schneeland

Casimir stellte sich als ein liebenswürdiger nur manchmal etwas brummeliger Schneemann heraus. Oscar erfuhr, dass er schon sehr alt war und seit vielen Jahren in die Stadt von Oscar kam. Oscar fragte ihn, woher er denn käme. Und so erzählte er ihm von Schneeland.

Schneeland liegt irgendwo zwischen Island, Grönland und Lappland. Wo genau, konnte ihm Casimir nicht sagen, da er sich, wie alle Schneemänner, blind auf seinen angeborenen Orientierungssinn verläßt ohne zu wissen, wo er eigentlich hinläuft. Das funktioniert auch perfekt bei Dunkelheit. Es erleichtert den Schneemännern das heimliche Reisen in der Nacht. Denn Schneemänner mißtrauen den Menschen, und nur wenige Menschen kennen die Wahrheit über Schneeland.

Schneeland ist das älteste Land der Erde. *"Lange bevor die Menschen von den Bäumen herunterkamen"*, so erklärte ihm Casimir, *"hatte Schneeland schon ein fast vollkommenes Dorf mit Iglus, Eisbahnen und frischer Eiswasserversorgung. Alles ist weiß, wie mit Puderzucker bedeckt, oder so, als hätte Frau Holle alle ihre Kissen auf einmal ausgeschüttelt. Und wenn es schneit, sieht es aus wie in einer dieser Glaskugeln, diese Souvenirs von irgendwelchen Feriendörfern, die man schüttelt, um dann zu beobachten wie es in ihnen schneit."*

Oscar fragte ihn, wie viele Schneemänner es gäbe. Das konnte Casimir nicht genau sagen, da es irgendwo auf der Welt eigentlich immer schneien würde, und daher viele Schneemänner außerhalb von Schneeland unterwegs wären.

Casimir war überraschend offen zu Oscar. Entweder fand er ihn nur nett, oder er hatte an der Reaktion seiner Mutter gemerkt, dass ihm ohnehin niemand etwas glauben würde. Und so erzählte er ihm seine Geschichte.

4.
Casimirs Eltern

Casimir wurde vor einer Ewigkeit von seinen Eltern zusammengebaut. Ja, es gibt auch Schneefrauen. *„Man sieht sie nur nicht so oft außerhalb von Schneeland"*, erklärte ihm Casimir, *„weil sie ihre Iglus nicht gern so lang allein lassen."* Oscar erfuhr, dass man achtgeben müsse, dass die Iglus bei den häufigen Schneeverwehungen nicht unter schneemannshohen Schneedecken verschüttet werden. Daher gehört es zur täglichen Iglupflege, einmal am Morgen kurz mit dem Schneebesen durch und um das Iglu zu fegen. Und da es die Schneemänner immer wieder in den Süden, z.B. zu uns, zieht, kümmern sich die fleißigen Schneefrauen um diese wichtige Aufgabe.

Die Eltern von Casimir, Herr und Frau Eisvogel, lernten sich bei einem großen Fest, einem Ball, dem „*Schneeball*" kennen. Das ist das größte gesellschaftliche Ereignis in Schneeland. Jedes Jahr lädt der Schneekönig dazu alle Schneemänner und -frauen in seinen Eispalast ein. Herr Eisvogel bat Frau Eisvogel, eine geborene Schneeglöckchen, um einen Eistanz. Und wie das so ist, aus einem Tanz wurden zwei, dann drei, dann vier. Und schließlich knisterten die Schneekristalle zwischen den beiden.

"In Schneeland ist man mit der Liebe immer ein bißchen vorsichtig", sagte Casimir. *„Warum?"* fragte Oscar. Casimir erklärte, dass die Liebe manchmal schneeblind macht, und man Angst hat, sich für jemanden zu stark zu erwärmen und dann dahin zu schmelzen.

Aber nur, bis man erkennen würde, dass man innerlich schon ein wenig dahin schmelzen kann, ohne sich gleich aufzulösen. Casimir meinte, das wäre wie mit den Iglus der Menschen. Man kann es sich im Iglu auch warm machen, ohne dass das Iglu gleich schmilzt. Das müssen alle jungen Schneeleute nur erst einmal begreifen.

Oscar hatte das Gefühl, dass Casimir ihm gerade etwas wichtiges für sein Leben gesagt hatte, er verstand damals aber noch nicht, wie wichtig es war.

Es war schon spät und Oscar musste ins Bett.

5.
Wie die Schneemänner ihre Seele bekommen

Am nächsten Tag erzählte Casimir mehr über seine Eltern.

Herr und Frau Eisvogel, geborene Schneeglöckchen, erwärmten sich also für einander und schmolzen ein wenig dahin, ohne sich völlig aufzulösen. Sie bauten sich ein Iglu mit Blick auf den Eispalast. Herr Eisvogel nannte Frau Eisvogel seinen kleinen Schneehasen. Und Frau Eisvogel nannte Herrn Eisvogel ihren Eisbären. Sie gingen zusammen Eislaufen, aßen Eiscreme und tranken Eiskaffee.

Irgendwann beschlossen sie für Nachwuchs zu sorgen. Sie waren selbst noch ziemlich jung und auch sehr verliebt, und so bewarfen sie sich immer wieder liebevoll mit kleinen Schneebällen. Irgendwann hielt sie einen Schneeball fest, und beide beschlossen, ihm einen Namen zu geben.

Casimir erklärte Oscar, dass die Schneemänner in dem Moment ihre Seele bekommen, wenn sie als kleine Schneebälle nicht mehr losgelassen werden, und man ihnen einen schönen Namen gibt. Er meinte, dass das übrigens mit allen Dingen so wäre. Oscar fragte ihn, wie denn sein wirklicher Name wäre. Er sagte *„Schneeflöckchen"*, aber da er ja nun schon groß wäre, gefiele ihm Casimir eigentlich viel besser.

Casimir, oder Schneeflöckchen, war ein glückliches Schneekind. *„Jeden Morgen wenn man in Schneeland aufwacht, kann man auf eine Märchenlandschaft blicken. Bäume und Büsche sind mit Rauhreif bedeckt. Es ist, als ob alle Bäume mit weißen Blüten übersät wären. Die vielen kleinen Äste, die man bei euch im Sommer unter all den Blättern nicht sehen kann, kommen alle einzeln hervor und es ist so leuchtend weiß, als würde ein weißer Glanz aus jedem Zweig strömen. Wenn die Sonne scheint, funkelt alles, als ob es mit Diamantenstaub überpudert wäre, und auf der Schneedecke glitzern unzählige kleine Lichter, weißer als der weiße Schnee.“* Casimir strahlte über sein ganzes Gesicht, während er das erzählte. Die „knackige" Kälte unter dem fast immer blauen Himmel, die er ebenfalls so liebte, liess er bei seiner Erzählung aus.

Oscar stellte es sich genau vor. Aber warum war Casimir jetzt hier, und nicht zu Hause im wunderschönen Schneeland? Casimir erklärte, dass wenn hier Tag ist, es in Schneeland Nacht ist. Und dass Schneemänner sehr schnell reisen könnten. Sie wären dann in der Nacht zu Hause und morgens wieder hier. Manchmal blieben Sie aber auch die ganze Nacht hier und genießen die Weihnachtslichter.

„Aber wie könnt Ihr so schnell reisen?" wollte Oscar wissen. *„Kennst Du die Redewendung ‚schnell wie der Wind'? Wir Schneemänner sind eigentlich nur aus ganz vielen Schneeflocken gemacht. Und wir haben gelernt, diese Schneeflocken vom Wind tragen zu lassen. So wie ein Segler seine Segel so stellen kann, dass er schnell in fast alle Richtungen segeln kann, können wir uns vom Wind fast überall hin tragen lassen. Oft ist der Wind stark genug, dass wir sogar Dinge mitnehmen können."*

Oscar war beeindruckt. Aber er wollte wissen, wie es dann sein könnte, dass bei einsetzendem Tauwetter doch sämtliche Schneemänner schmelzen würden. So lange würden Sie doch nicht bleiben.

„Das ist gar nicht so schwer", sagte Casimir. Er freute sich, das zu erzählen. *„So wie ihr Vogelscheuchen baut, die euch zum Verwechseln ähnlich sehen, zumindest aus Sicht der Vögel, so bauen wir in der Nacht unserer Abreise aus dem umliegenden Schnee unsere Schneepuppen, die uns zum Verwechseln ähnlich sehen. Wir können dann gehen, ohne dass jemand etwas merkt."* Das klang irgendwie einleuchtend.

Oscar fragte ihn, ob er denn nicht einmal mitkommen könnte nach Schneeland. Casimir sagte, er solle ihn im nächsten Jahr noch einmal fragen, da er jetzt noch zu klein für eine so lange Reise wäre. Oscar glaubte, Casimir wollte nur höflich sein.

Oscars Mutter rief ihn zum Essen. Casimir versprach ihm später mehr zu erzählen.

6.

Besuch in Schneeland

In der nächsten Nacht war Casimir verschwunden. Oscar wusste, dass Casimir zu Hause war, und am nächsten Morgen bestimmt wieder da sein würde.

Gerade als es draußen langsam hell wurde, traf ein Schneeball das Fenster von Oscar. Oscar sprang auf und lief hin, um zu sehen, wer das war. Es war Casimir. Er winkte und rief leise: *„Los, komm her, ich muss Dir etwas erzählen!"*

Oscar zog sich an und lief in den Garten.

„Du wolltest doch nach Schneeland?", fragte Casimir. *„Natürlich!"*, sagte Oscar. Er war ganz aufgeregt. Casimir erzählte: *„Wenn Du uns hilfst, dann nehme ich Dich heute Abend mit."* Oscar wollte wissen worum es geht, aber Casimir wollte nicht so recht sagen, wobei Oscar helfen sollte. Aber er sollte möglichst viele Karotten mitnehmen. Oscar dachte sich, *„Hauptsache ich sehe Schneeland!"*

Der Tag verging wie im Flug. Oscar suchte sich seine wärmsten Sachen heraus, denn in Schneeland ist es doch bestimmt sehr kalt. Endlich ging die Sonne unter. Oscar rannte hinunter in die Küche, nahm alle Karotten mit, die sie zu Hause hatten, und lief dann gleich weiter in den Garten.

Casimir wartete schon.

„Los, schnell, der Wind ist genau richtig für uns!" rief Casimir und strahlte, als er die Menge an Karotten sah, die Oscar dabei hatte.

„Was muss ich tun?", fragte Oscar. *„Schließ Deine Augen und mach Dich ganz leicht."*, sagte Casimir. Oscar schloss die Augen und machte sich leicht. Im nächsten Augenblick fühlte er einen unglaublich kräftigen Wind. Er öffnete die Augen. Es war als würde er in einen Schneesturm schauen. Alles war weiß, und er konnte nichts sehen. Er schloss die Augen wieder. Es dauerte nicht lang und er spürte plötzlich einen kleinen Ruck. Er öffnete die Augen und der Schneesturm war weg. Vor ihm stand Casimir und sagte: *„Schnell wie der Wind!"* Dabei lächelte er breit.

Oscar sah sich um. Der Himmel war so strahlend blau, wie Casimir erzählt hat. Die Sonne war gerade erst aufgegangen. Sie standen vor einem kleinen Dorf. Das Dorf war herrlich weiß und war vollständig aus Iglus gebaut.

Es gab dort alles. Strassen aus Eis, ein Eiscafé, eine kleine Schneekirche und natürlich viele Schneeleute. Ein besonders schiefer kleiner Schneemann kam auf die beiden zu und begrüßte sie.

„Willkommen!", rief er. Oscar fand den schiefen Schneemann sehr lustig. Casimir und der schiefe Schneemann unterhielten sich kurz. Nachdem er gegangen war, liefen beide weiter durch das Dorf. Oscar fragte, wer das war und Casimir erklärte:

41

„Als ich noch ein kleiner Schneeball war, haben meine Eltern mich beim Spielen manchmal durch den Schnee gerollt. Mit der Zeit bin ich so immer größer geworden. Eigentlich ist das wie bei euch. Ihr nehmt auch so viel ihr könnt von eurer Umgebung auf, damit ihr euch weiterentwickelt. Natürlich gelingt das einigen besser und anderen nicht ganz so gut. Manchmal wird dabei alles schön rund und paßt gut zusammen. Aber manchmal wird es eckig oder schief, wenn man immer nur in die gleiche Richtung rollt.

Der Schneemann vorhin war als Kind ein echter Schneeflegel, der weder auf seine Eltern noch auf uns hören wollte. Er rollte sich immer nur auf die

gleiche Weise durch den Schnee. Mit der Zeit wurde er so schief und krumm, dass wir ihn Picasso nannten.

Damit uns das nicht passiert, gehen wir schon sehr früh zur Schule. Als ich in die Schule kam, musste ich noch eine Schneebrille tragen. Meine Freunde haben mir damals den Spitznamen Schneeeule gegeben. Und unser Lehrer war ein alter und sehr großer Schneemann, der den Weihnachtsmann persönlich kannte. Jedenfalls wollte er, dass wir das glauben. Wir nannten ihn Käptain Iglu.

Dort in der Schule habe ich viel gelernt über Schnee, Eis, Wasser, Hagel und natürlich, wie man das Wetter vorhersagt und unbemerkt unter den Menschen leben kann. Jedenfalls im Winter."

"Interessiert ihr euch sehr für die Menschen?", wollte Oscar wissen. "Aber ja!", sagte Casimir. "Durch unsere Reisen zu den Menschen können wir immer neue Geschichten mitbringen. Weißt du, ihr müsst zum Leben essen und trinken. Wir brauchen Geschichten."

"Bitte erklär' mir das", bat Oscar ihn. "Nun, wenn du nichts zu essen oder zu trinken bekommst, dann verhungerst oder verdurstest du. Genauso verhungern oder verdursten unsere Gedanken und unsere Herzen, wenn wir keine neuen Geschichten bekommen. Jeder Schneemann bringt von seinen Reisen neue Geschichten mit nach Hause, die er den anderen erzählt."

43

"Was sind das für Geschichten?", fragte Oscar. *"Die meisten Geschichten, sind unsere eigenen Erlebnisse und Beobachtungen der Menschen."* Erklärte Casimir. *"Du kannst dir sicher vorstellen, dass wir euch nach vielen tausend Jahren ganz gut kennengelernt haben. Aber noch immer wollen wir von Jahr zu Jahr sehen, wie es mit euch und euren Familien weitergeht. In der Schule lernen wir von den Geschichten der Älteren auch, warum ihr machmal so merkwürdige Dinge tut und denkt."*

"Was meinst du damit?", wollte Oscar unbedingt wissen. *"Euer Kopf und euer Herz sprechen nicht die gleiche Sprache"*, sagte Casimir.

"Wenn ihr merkt, dass sich eure Mitmenschen anders verhalten, als ihr gewünscht oder erwartet habt, dann denkt ihr, die Menschen sind so. Jedenfalls sagt euch das euer Verstand. Ihr solltet stattdessen mehr auf euer Herz hören. Dann würdet ihr erkennen, dass die anderen Menschen oft einfach nur Dinge tun, von denen sie annehmen, dass ihr sie braucht, um euch gut und sicher zu fühlen." Oscar dachte sich, dass Casimir tatsächlich viel von den Menschen wissen musste.

Casimir fuhr fort. *"Nach der Schule trieb ich mich zunächst viel in Eisbuden herum und genoss meine Flegeljahre. Bei den Schneemädchen hatte ich auch viel Glück. Für sie war ich ein echter Schneeleopard. Aber das ist eine andere Geschichte."* Casimir merkte an dem fragenden Blick von Oscar, dass er für dieses Thema noch zu jung war. Also sprach er von etwas anderem.

„*Wir sind da.*", sagte er. Die beiden standen vor einem besonders schönen und großen Iglu. Ein sehr breiter Schneemann trat heraus und sagte mit einer freundlichen tiefen Stimme: „*Du bist also Oscar, von dem uns Schneeflöckchen erzählt hat. Ich bin der große Karl, der Vater von Schneeflöckchen. Und außerdem der Bürgermeister. Du willst uns also helfen.*" Der große Karl war glücklich als er die Karotten sah, die Oscar mitbrachte. „*Gib mir das bitte*", sagte er und legte die Karotten in eine hübsche alte Schale neben dem Eingang zum Iglu.

Sie gingen in einen großen weißen Raum, in dem alles aus Schnee und Eis war. Der Tisch, die Stühle, Schränke, Eisfenster durch die sie klar hindurchsehen konnten, auch die Bilder an den Wänden. Oscar war begeistert. Frau Eisvogel kam herein und bot Oscar ein Eis mit Schokoladen- und Vanillegeschmack an. Für einen Moment war der ganze Raum von dem köstlichen Schokoladen- und Vanilleduft erfüllt. Oscar fand, dass Casimir sehr nette Eltern hatte. Hier schien wirklich alles ganz toll zu sein, und Oscar fragte sich schon die ganze Zeit, wobei er denn Casimir in Schneeland helfen sollte. „*Nanu, hat Schneeflöckchen Dir nicht gesagt, was Du tun sollst?*", sagte der große Karl. „*Er hatte bestimmt Angst, Du würdest nein sagen. Wir brauchen Dich, damit Du die Raubtiere verjagst!*"

"*Raubtiere?! Was für Raubtiere habt ihr denn in Schneeland?*" Oskar bekam etwas Angst. Er wusste wie groß und gefährlich Eisbären werden konnten.

Casimir beugte sich bedeutungsvoll zu Oscar herunter als wollte er ihm etwas sehr, sehr, sehr unheimliches ins Ohr flüstern. *"Es sind die gefährlichsten Raubtiere, die es gibt! ...Kaninchen!"*

Oscar dachte, er hätte sich verhört. *"Kaninchen? Aber Kaninchen sind doch nun wirklich keine gefährlichen Raubtiere!"*

Casimir richtete sich wieder auf. Er blickte etwas überrascht zu dem großen Karl und Frau Eisvogel herüber, die ihm zunickten. Er schien etwas beleidigt. *"Vielleicht sind Kaninchen für euch nicht so gefährlich. Aber für uns gibt es nichts Schlimmeres. Wenn wir schlafen, kommen sie manchmal in unsere Iglus und knabbern unsere Karottennasen an! Und in Schneeland gibt es keine Karotten. Wir müssen dann mit angeknabberten Nasen herumlaufen, bis wir wieder zu euch kommen. Zum Glück stecken uns die Menschen neue Karottennasen an, sobald sie sehen, dass wir keine haben. Du musst wissen, unsere Nasen sind für uns etwas Besonderes. Wenn man z. B. beim Tanzen auf einem Fest ein Schneemädchen trifft, dass ihre kleine Karottennase so trägt, dass sie keck nach oben zeigt, dann sind wir entzückt. Sehr entzückt."* Casimir lächelte kurz, dann sprach er weiter. *„Wenn wir ihr dann nasenlos oder mit einer angeknabberten Nase gegenüber stehen müssen, dann ist das so peinlich. Mir ist das auch schon einmal passiert. So peinlich!"* Oscar wusste jetzt, warum er die Karotten mitbringen sollte.

Oscar dachte sich, dass nicht nur die Menschen merkwürdig sind. Die Schneeleute sind genauso seltsam. Jedenfalls versprach er ihm, jedes Kaninchen, das er sah, gleich zu vertreiben. Zum Glück beruhigte Casimir sich wieder.

Casimir führte Oscar weiter durch das Dorf und beantwortete alle seine Fragen.

Oscar sah, dass es im Dorf auch hübsche Schneemädchen gab. Er wollte wissen, ob Casimir eine Freundin hätte. Er sagte: *"Hm, ja, vielleicht. Das entwickelt sich noch. Ihr Herz und ihre Gedanken brauchen schöne Geschichten, damit es ihr gut geht und sie weiß, dass ich es ernst mit ihr meine. Denn bei jemandem wie mir, der so viel unterwegs ist, und so viele Dinge tut, kann sie sich nicht so sicher sein, was für eine Art von Schneemann ich bin. Also versuche ich ihr das Gefühl zu geben, dass ich mich um sie sorge, und für sie da bin. Und ich freue mich, wenn bei meinen Reisen viele neue Geschichten entstehen, die ich auch ihr mitbringen kann. Ich denke mir, dass ihr die Geschichte mit dir und mir, und wie wir uns hier kennengelernt haben, bestimmt auch gefallen wird.*

Oscar freute sich, dass er ein Teil seiner Geschichten geworden war. Er hatte das Gefühl, schon zu Schneeland zu gehören.

Er erzählte weiter. „*Irgendwann zog es mich dann selbst hinaus in die weite Welt. Ich begleitete meinen Vater in den Süden. Er zeigte mir andere Länder und andere Städte und ich begriff schnell, warum er so viel unterwegs war.*

Du musst wissen, wir Schneemänner sind eigentlich ziemlich schlau, schließlich wissen die meisten Menschen bis heute nichts von Schneeland. Aber wenn wir bunte Lichter sehen, den Duft von frisch gebackenen Keksen in unseren Karottennasen spüren und im Schnee herumtobende Kinder sehen, dann sind wir genauso einfältig wie eine Motte, die immer wieder zum hellen warmen Licht fliegt. Und bei euch im Garten ist es besonders hübsch. Meine Freunde stehen übrigens auch alle bei euch in der Strasse."

Casimir wollte noch schnell die neuen Karottennasen an die nasenlosen Schneeleute verteilen. Und so konnte Oscar auf eigene Faust das Dorf und die Umgebung erkunden. Er fragte, wo die Kaninchen eigentlich wohnen. Casimir erklärte es ihm: *„Siehst Du den Wald da vorn? Da leben die Raubtiere!"* Oscar hatte sich noch immer nicht daran gewöhnt, dass Kaninchen Raubtiere sein sollten. Jedenfalls machte er sich neugierig auf den Weg zu dem kleinen Wald neben dem Dorf.

7.
Neue Freunde

Der Wald war sehr hübsch, man hörte Vögel und der Wind rauschte frisch aber angenehm durch die Tannen. Das Sonnenlicht tanzte verspielt auf den Schnee- und Eiskristallen, die den Tannenzweigen dieses weihnachtliche Aussehen gaben. Doch Kaninchen konnte Oscar zunächst nicht sehen. Er lief weiter und dann sah er bei einem Eisbach ein kleines Kaninchen. Es war wirklich klein. Es hatte schöne große Augen und ein glänzendes Fell. *„Und das soll ein Raubtier sein?"*, dachte Oscar. Vielleicht könnte man sich mit dem Kaninchen anfreunden.

Oscar ging auf das Kaninchen zu. Es sah hoch und sein Blick wurde kühl und fragend. Statt davon zu laufen, hoppelte es auf Oscar zu und sagte: *„Wer bist Du denn? Was willst Du in unserem Wald?" „Ich bin Oscar."*, antwortete Oscar. *„Ich möchte Dich kennenlernen."* Oscar fand das Kaninchen sehr hübsch. *„Vielleicht können wir sogar Freunde werden. Wie heißt Du?" „Ich bin Lauschi."*, antwortete das Kaninchen. Es sah Oscar schon etwas freundlicher an. *„Weil ich so große Ohren habe."*

Lauschi richtete ihre Ohren auf. *„Bei uns haben die hübschesten Kaninchen die größten Ohren."* Jetzt lachte das Kaninchen fast. Oscar sagte: *„Dann musst Du das hübscheste Kaninchen der Welt sein."* Oscar hatte wirklich noch nie so große Ohren gesehen. Lauschi freute sich über das Kompliment und ihre Ohren wackelten kurz.

„Sag mal Lauschi, ihr knabbert doch immer die Karottennasen von den Schneeleuten an, wenn die schlafen?" Lauschi antwortete: *„Ja sicher, es gibt hier ja sonst keine Karotten."*

„Für die Schneeleute ist das jedesmal so peinlich, wenn sie mit angeknabberten Nasen herum laufen müssen", sagte Oscar. Lauschi antwortete: *„Für uns ist es ja auch nicht schön, jemandem die Nase anzuknabbern, und dafür auch noch nachts aufstehen zu müssen. Aber wir brauchen ab und zu Karotten."*

Oscar fiel ein, was Casimir erzählt hatte.

„Würdet ihr den Schneeleuten nicht mehr in die Nasen beißen, wenn ihr andere Karotten hättet?", fragte Oscar. *„Natürlich"*, sagte Lauschi. *„Gut, ich spreche mit den Schneeleuten, ich habe eine Idee."*

Oscar ging zurück ins Dorf und sprach mit Casimir. *„Sag mal Casimir, wenn ihr ohne Karottennasen zu uns fahrt, dann stecken euch die Menschen doch immer gleich wieder neue an, oder?"* *„Ja, richtig"*, sagte Casimir.

„Vorhin habe ich mit einem kleinen Kaninchen gesprochen. Lauschi, kennst Du sie?", fragte Oscar. „Das ist die Schlimmste!", rief Casimir. „Die mit den großen Ohren! Die ist ja irgendwie ganz hübsch, so für ein Kaninchen, aber sie ist das frechste Raubtier von allen!"

„Ich weiß, was Du meinst, aber vorhin hat sie gesagt, dass sie euch nicht mehr die Nasen anknabbern würden, wenn sie andere Karotten hätten", sagte Oscar. „Wenn ihr vor jeder Reise zu uns eure Nasen hier ablegen würdet, würden euch die Menschen immer neue anstecken. Ihr hättet immer frische Karottennasen, und Ihr könntet den Kaninchen welche abgeben."

Casimir und Herr und Frau Schneevogel fanden die Idee gut. Der große Karl rief sofort alle Schneeleute zusammen. Schnell waren sich alle einig, dass sie in Zukunft nasenlos reisen würden, um sich unterwegs neue Nasen anstecken zu lassen. Sie freuten sich, dass sie von da an zu Hause keine angeknabberten, peinlichen Nasen mehr tragen mussten.

Oscar lief gleich wieder in den Wald, um Lauschi davon zu erzählen.

Die Kaninchen freuten sich auch, dass sie nicht mehr heimlich Nasen anknabbern mussten. Sie waren so froh, dass sie jetzt die Schneeleute tagsüber immer wieder besuchen wollten, um ihnen ihre Geschichten zu erzählten, die die Schneeleute doch so gern hörten und brauchten.

Als Oscar wieder im Dorf war sagte er zu Casimir: „*Was heute an einem Tag alles passiert ist! Zu Hause würde mir das niemand glauben. Wie spät ist es dort jetzt eigentlich?*" Casimir schaute hoch zur Sonne. „*Es wird bald Zeit. Die Sonne wird sich gleich auf den Weg zurück zu euch machen.*" Dann nahm er etwas Schnee, warf ihn in die Luft, wo er sanft wie eine Wolke weggeblasen wurde. „*Der Wind steht günstig*", sagte er als erfahrener Schneemann, „*wir sollten uns schon bald auf den Rückweg machen.*"

Oscar verabschiedete sich von Frau Eisvogel und dem großen Karl, von Picasso und natürlich von Lauschi. Casimir versprach, ihn bald wieder nach Schneeland zu bringen.

Casimir brachte Oscar zurück nach Hause. Die Nacht hier war schon fast vorbei. Trotzdem war Oscar gar nicht müde, sondern munter. Er schaute in die umliegenden Gärten und sah die anderen Schneemänner. Die Schneemänner hatten eben von der Idee von Oscar gehört, und winkten.

Casimir und Oscar verbrachten noch zwei schöne Wochen miteinander, in denen sie immer wieder nach Schneeland reisten. Bis es langsam wärmer wurde. Oscar wusste, dass Casimir bald ein ganzes Jahr weg wäre, bis er wieder zu ihm zurückkehren könnte. Den letzten Abend bei Oscar haben die beiden noch lange im Garten im Schnee gesessen und geredet, als Oscar plötzlich fühlte, wie ein Windhauch hinter ihm kurz vorbei blies.

Etwas kleines, weiches sprang auf seine Schulter. *„Lauschi!"* Oscar war außer sich vor Freude. *„Was machst Du hier?"*, fragte er. *„Ich dachte, ich verbringe diesen Sommer hier, und Du zeigst mir Deine Welt. Wenn Du willst kannst Du mich auch hinter den Ohren kraulen."* Lauschi stellte ihre Ohren auf und Oscar lächelte sie an.